휠체어 지휘자 정상일

?

2016서울중앙지방법원 법원가족 어울림 한마당 연주회

2016희망방송과 함께하는 백혈병 환우돕기 초청연주회

2017대한민국휠체어합창단 정기연주회

?

2017장애문화복지증진 및 인식 개선 연주회

2017로마 연주회

?

2017한러시아문화교류 모스크바 금관앙상블과 함께하는 친선음악회

2017장애인문화예술축제 페스티벌 연주회

?

누구 시리즈 **9**

음악을 조율하는 휠체어 지휘자 정상일 – 누구 시리즈 9
정상일 지음

초판1쇄 발행 2017년 12월 19일

지은이 정상일
펴낸이 방귀희
펴낸곳 도서출판 솟대
등 록 1991년 4월 29일
주 소 서울시 금천구 서부샛길 606, 대성지식산업센터 b동 2506-2호
전 화 02)861-8848
팩 스 02)861-8849
홈주소 www.emiji.net
이메일 klah1990@daum.net

제작 · 판매 연인M&B 02)455-3987

값 10,000원

ISBN 978-89-85863-68-1 03810

주최 사  한국장애예술인협회

후원 ◯ 문화체육관광부 ⬛ 한국장애인문화예술원
Korea Disability Arts & Culture Center

국립중앙도서관 출판시도서목록(CIP)

이 도서의 국립중앙도서관 출판예정도서목록(CIP)은 서지정보유통지원시스템 홈페이지
(http://seoji.nl.go.kr)와 국가자료공동목록시스템(http://www.nl.go.kr/kolisnet)에서
이용하실 수 있습니다.
CIP제어번호 : CIP2017031024

9
누구 시리즈

음악을 조율하는
휠체어 지휘자 정상일

정상일 지음

희망의 아이콘이 전하는 긍정 하모니

도서출판
솟대

11층에서 떨어지고도 살아난 뜻은

아주 어렸을 때 배트맨이 착한 사람을 구하기 위해 망토를 휘날리며 하늘을 날아오르는 것을 보고 나도 저렇게 날아다닐 수 있으면 얼마나 좋을까 싶어 배트맨 흉내를 내고 다녔습니다.

성장하면서 하늘을 날기 위해서는 열심히 공부해서 박사가 되고 대학교수가 되어 지식인이 되는 것이 비상(飛上)이라고 믿고 남들이 잘 때 공부하고 남들이 쉴 때 일하며 사회적 성공을 향해 달려갔습니다.

그런데 올라가면 올라갈수록 더 높이 올라가야 한다는 강박에 잠시도 쉬지 못한 결과 병을 얻었고, 그 병을 치료하기 위해 입원한 병원에서 나는 드디어 추락을 하고 말았습니다.

2012년 5월 21일 새벽, 전혀 기억은 없지만 아마도 무의식 중에 비상(飛上)을 시도하였던 모양입니다. 저는 11층에서 떨어졌습니다. 그 높이에서 추락하여 살아난다는 것은 기적이라고 모두들 축하해 주었지만 나는 이미 중증의 장애인이 되어 있었습니다.

조금만 더 가면 진짜 비상할 수 있었는데 날개가 부러져 더 이상 비상의 꿈을 꿀 수 없게 되었을 때는 나를 살려 주신 분들이 원망스러웠습니다. 하지만 살다 보니 상처 속에서 새로운 날개가 돋아났습니다.

난 여전히 대학에서 강의를 하고 있고, 오케스트라를 지휘하고 있으며 더욱이 대한민국휠체어합창단을 창단하여 그 전에는 맛보지 못했던 보람을 만끽하고 있습니다.

국내뿐 아니라 해외에서 장애인음악인들이 무대 위에서 자신감 있는 모습으로 최선을 다해 노래를 부를 때, 그 공연을 지켜보는 관객들이 숙연해져서 경청하며 갈채를 보낼 때, 나는 그동안의 고통이 눈 녹듯이 녹으면서 더 열심히 노력해서 더 멋진 공연을 보여 주겠다고 다짐을 합니다.

저를 살리신 뜻은 바로 장애인음악을 통해 많은 사람들에게 비상(飛上)은 날아오르는 것이 아니라 눈 높이를 낮춰서 약자들과 더불어 살아가는 것임을 증명해 보이라는 사명감을 내려 주신 것이라 믿으며 오늘도 낮은 자세로 지휘봉을 듭니다.

2017년 겨울
휠체어 지휘자 정상일

차례

전조 증상

...

남자 나이 50대 중반, 기업에서는 은퇴를 준비해야 하는 시기였지만 정상일은 은퇴는커녕 전성기를 누리고 있었다. 시간이 없어서 일을 하지 못하였지 일이 없어서 시간을 그냥 보낸다는 것은 그에게는 사치였다.

학기 중에는 수업을 하고 방학 기간에는 해외 공연이나 음악 캠프 등으로 국외에서 보내는 시간이 더 많았다. 매년 비엔나에서 음악캠프가 열려 학교 학생들과 함께 참여하였다. 전문 음악인을 양성하는 것이 그가 재직하고 있는 대학의 목표였기 때문에 한해도 빼놓지 않고 참석했었다.

그런데 2012년 비엔나 음악캠프를 진행하고 있는데 두통이 너무 심해서 진통제를 계속 먹으며 간신히 버텼다. 학생들에게 아픈 모습을 보이지 않으려고 애를 썼지만 조교는 그의 몸상태를 걱정하고 있었다.

"교수님, 너무 무리하시는 것 같아요. 귀국하면 병원에서 정밀 진단 받으세요."

그 말을 듣고 생각해 보니 몸이 예전과 달랐다. 아침에 조깅을 할 때

갑자기 발 떨림 증상이 있어서 잠시 멈춰 서서 그 떨림이 멈출 때까지 기다린 적이 몇 번 있었다. 집에 와서 샤워를 하면서 엄지발가락을 만져보면 아무런 느낌이 오지 않았다. 잠시 왜 이러지 생각했다가 출근을 하면 일에 쫓겨서 몸 따위는 걱정할 틈이 없었다.

하지만 이번에는 머리가 톡톡 쏘고, 쑤셔서 참을 수가 없었다. 동네 병원에 가서 약을 처방받아서 먹었지만 두통이 멈춰지지 않았다. 그래도 약을 먹으면 잠시 통증이 가라앉아서 정상일은 그렇게 하루하루를 보내고 있었다.

"여보, 큰 병원에 가 보라니까. 두통의 원인을 찾아내지 못하고 진통제만 먹으면 어떡해?"

주말부부였기 때문에 평일에는 각자의 직장에서 일에 매달려 있다가 주말에 남편을 만나면 약봉지만 들고 있는 것이 안타까워서 아내는 이렇게 잔소리를 하였다.

"무슨 두통 때문에 큰 병원엘 가."

"아무 소리 말고, 월요일에 당장 가요. 제발!"

아내의 간곡한 당부도 있었지만 정상일 자신도 두통과 함께 문득문득 생기는 다리의 마비 증상이 심상치 않다는 불길한 생각이 들었다. 그래서 더 큰 병원을 찾아가도 두통의 원인이 시원스럽게 밝혀지지 않아서 더 큰 병원, 더 큰 병원으로 옮겨 다니다가 광주 병원에서 뇌수막염이라는 진단을 받았다.

그런데 신기하게도 그 모든 원인이 저나트륨증 즉 염분 수치가 낮아서 생겼다는 것이다. 정상일은 음식을 가려 먹지 않았고 특히나 외식을 많이 했기 때문에 짜고 매운 자극성 있는 음식이라서 소금이 부족하다는 진단에 어이가 없었다.

뇌수막염이란 진단을 받고 전남대병원에 입원하였다. 입원하여 날마다 검사를 받고 그에 따른 치료를 실시하였지만 증세는 호전되지 않았다.

"환자분! 어젯밤 괜찮으셨어요."

"어제도 한숨도 못잤어요."

가장 괴로운 것은 불면증이었다. 밤에 잠이 오지 않는 것은 물론이고 낮에도 전혀 잠이 오지 않았다. 잠을 자지 못하니까 낮에 멍하고 밤에는 다른 사람들이 모두 자고 있는데 혼자서 말똥말똥 눈을 뜨고 누워 있으려니 정말 죽을 맛이었다.

동료들이 문병 와서 '얼굴 좋아 보이는데.' 라며 농담을 하였다. 잠을 자지 못해 괴롭다고 하니까 나름대로 이렇게 진단해 주었다.

"매일 뛰어다니며 일하던 사람이 아무것도 안 하고 누워 있으니까 몸이 편해서 잠이 안 오는 거야."

상일도 쫓기듯 일을 하지 않아서 생긴 일시적인 증상이라고 생각했다. 하지만 시간이 갈수록 불면증이 심해졌다. 병원에서 정신과 치료를 처치했다.

"실용음악과 교수시면 즐거운 음악 많이 들으시겠네요?"

"꼭 그렇진 않습니다. 실기보다 이론 교육이 더 많죠."

"다른 사람에게 말못할 고민이 있으신가요?"

"무슨……?"

"부인과의 문제라든지 자녀와의 갈등 등?"

"그런 거 없습니다."

상담으로 정신과 의사가 내린 처방은 마음을 편하게 가지라는 것이었지만 그는 당시 특별히 스트레스를 받는 일이 없었기 때문에 의사의 진단이 그저 하는 일상적인 말과 다르지 않다고 생각하였다.

지난 시간 돌아보기

...

정상일은 5남매의 장남이다. 부모에게는 100% 아들이었다. 조선대학교 사범대학 음악교육과에 입학하였다. 대학 시절에는 ROTC로 제복을 입고 다니며 캠퍼스 내에서 눈길을 끌었다. 졸업 후 육군 장교로 한 군복무 역시 모범적으로 마쳤다. 제대 후 바로 대성여고 음악교사로 직장 생활을 시작하였다.

학생들을 가르치는 것도 재미있었다. 무엇보다 부모님이 자랑스러워하셔서 뿌듯하였다. 직장 생활을 하며 결혼도 하였다. 아내도 음악교사였다. 부부 교사 사이에서 두 딸이 태어났다. 누가 봐도 안정적이고 행복한 가정이었다.

그런데 정상일은 자신의 삶을 끊임없이 계발하려는 욕구가 강했다. 그래서 졸업 후 10년 만에 대학원에 입학하여 공부를 시작하였다. 대학원에 진학을 할 때는 앎에 대한 갈증 때문이었지만 석사학위를 갖게 되자 대학교에서 학생들을 가르치는 것을 꿈꾸게 되었다.

꿈이 생긴 것은 도전을 뜻한다. 하지만 포기하지 않자 기회가 찾아왔다. 1996년 3월 세한대학교(구 대불대학교) 교수로 임용되었다. 그는 초대 음악학과장을 맡아 대불대학교 음악학과를 키우는데 모든 열정을 바쳤다. 음악학과가 자리를 잡자 그는 실용음악으로 눈을 돌렸다. 뮤지컬, 전통연희 학과를 신설하며 실용음악과 학과장과 예능계열을 총괄하는 선임 학부장으로 승승장구하였다.

이렇게 대학에서 활동 영역을 넓혀 가면서 그는 자기 계발에도 게을리하지 않았다. 그래서 러시아 유학을 결심하였다. 국립 그네신음악원에서 지휘 박사와 음악학 박사 2개의 박사학위를 거머쥐었다. 6년 동안 모스크바를 오가며 정말 열심히 살았다. 안식년을 이용하고 방학을 이용해서 공부를 마친 것이 2005년 그의 나이 40대 중반이었다.

그는 한국의 음악을 알리고 학생들에게 넓은 세상을 보여 주고 싶어서 비엔나, 베네치아, 로마, 나폴리, 파리, 뮌헨 등 20여 개국의 세계적인 음악 도시에서 음악 연수를 실시하고 공연을 하였다.

국내에서는 슈퍼스타K를 통해 서인국, 김지수, 이건율 등을 키워 냈다. 대불대학이 대중음악의 메카가 되면서 중국 진출이 성사되었다. 중국과 교육문화교류 협약을 맺고 한류의 열기를 대학에서 이어 가고자 계획한 것도 정상일이었다.

대성여고 수학여행기념 1987. 6. 8~11

수학여행-1987년 대성여고

수학여행-등대를 배경으로

수학여행-설악산 흔들바위에서

결혼식

신혼여행

초보 아빠

큰딸과 함께

운명의 그날

...

"정 교수 그동안 너무 무리했어. 이제 당신도 나이를 생각해야지. 항상 청춘인 줄 알고 일을 하니까 몸이 쉬고 싶다고 신호를 보내는 거야. 푹 쉬어. 쉬는 게 가장 좋은 치료야."

병문안 오는 사람마다 무리했으니 쉬라고 했다. 지난 시간을 돌아보니 정말 시간을 쪼개어 일을 했다. 노력하면 그만큼의 변화가 일어났기 때문에 재미도 있고 보람도 컸다.

2012년 5월 21일, 대학에서 가장 바쁜 시기에 병원에 들어와서 특별한 치료도 받지 않고 시간만 보내고 있는 것이 안타까웠다. 빨리 퇴원을 해서 학교 이름을 변경하는 허가가 나오면 그것을 효과적으로 홍보하고, 당진 캠퍼스도 곧 개교를 하기 때문에 개교 행사도 준비해야 하고…… 이런저런 생각을 하다가 그는 벌떡 일어나 복도로 나갔다. 모두가 잠든 병원 복도는 어둠 컴컴하였다. 가슴이 답답했다. 그래서 바람을 쏘이려고 복도 끝에 있는 창가로 갔다.

몸이 너무 편해서 잠이 오지 않는 거란 말이 생각나서 그는 난간을

1996년 모스크바에서

붙잡고 스트레칭을 하였다.

"하나… 둘… 셋……." 이렇게 세어 가며 스트레칭을 열심히 하고 있었다. 몸을 고단하게 만들기 위해 정말 열심히 운동을 했다.

눈을 떴을 때 중환자실이었고, 간호사가 이렇게 말했다.

"이틀 만에 깨어나셨네요."

그동안 무슨 일이 있었던 것이냐고 물어보려고 하는데 목소리가 나오지 않았다. 말을 하지 못하는 것이었다. 살아났다고 아내가 눈물을 쏟아 냈고, 어머니는 아들의 손을 잡고 볼에 갖다 대었지만 이상하게 그 모든 것들이 눈에 보이는 상황일 뿐 느껴지지가 않았다. 그제서야 정상일은 자기 몸이 철갑 속에 갇혀 있는 듯한 무거움이 느껴졌다. 하지만 산소호흡기를 꽂고 있어서 그럴 것이라고 막연히 생각했다.

주위에서 하는 말은 정확히 들렸다. 종합해 보면 내가 난간 아래로 추락을 했는데 11층에서 떨어져 살아난 것은 기적이라고 하였다. 난간이 낮았던 것이 떠올랐다. 난간이 허리 정도 높이였다. 난간을 잡고 앉았다 일서섰다 한 것은 생각이 났지만 어떻게 해서 난간 밖으로 몸을 넘겼는지는 지금도 생각나지 않는다.

그가 떨어진 곳은 화단이어서 꽃들이 쿠션이 되었다. 시멘트 바닥이었으면 그는 이 세상 사람이 아니었을 것이다. 더군다나 일찍 발견되었다. 새벽기도를 하고 나오던 원목이 그를 발견하여 바로 응급실로 옮겼다. 조금만 늦었어도 과다 출혈로 생명을 붙잡기 힘들었다고 한다. 응급실에서 심폐소생술을 했지만 호흡이 돌아오지 않았다. 전기충격기

북경에서

도 소용이 없었다. 응급실 분위기는 가망이 없다는 쪽이었지만 마지막으로 한 번만 더 해 보기로 하고 전기충격기를 가슴에 대자 마법처럼 호흡이 돌아왔다.

생명의 끈은 잡았지만 온몸의 뼈가 부러지고 가장 중요한 척추 뼈가 손상을 입었기 때문에 대수술을 해야 했다. 동료 교수들이 찾아와서 대책회의를 하였다. 고도의 의술이 필요한 수술이기 때문에 서울대학병원으로 이송을 하자는데 의견이 모아졌다.

그는 의견을 낼 수가 없었다. 그는 정신과 육체가 분리된 듯이 느껴져 자기 몸 같지 않았다. 주위 사람들의 긴박한 움직임이 자기와는 상관 없는 일처럼 느껴졌다. 더군다나 사람들은 그에게 그 어떤 설명도 해 주지 않았고 따라서 동의도 구하지 않았다. 자기에 대한 일을 타인이 결정하는 것을 지켜볼 뿐이었다.

"환자를 빠르게 이송하는데 헬기가 가장 유효해요."

"지금은 환자 호흡이 불안하여 헬기는 위험해요."

"서울대학병원에 응급차를 요청하세요."

'아, 내가 서울대학 병원으로 가는구나.'라고 생각하고 있을 때 누군가 급히 들어오더니 다급하게 말했다.

"지방까지 응급차를 보내지 못한데요."

"저런 젠장!"

"시간이 없어요. 사설 구급차를 이용해요."라고 제안한 것은 아내였다. 그 후 과정도 복잡하게 돌아갔다. 동료 교수들이 인맥을 총동원해서 정상일은 전남대병원에서 서울대병원으로 이송하여 응급실로 들어

다치기 전 등산

갈 수 있었다.

병원에 도착하자마자 수술이 시작되었다. 왼쪽으로 떨어져서 왼쪽은 팔, 골반, 다리에 철심을 박아 으스러진 뼈를 겨우 맞추어 기브스를 하였다. 흉추 5번과 6번이 으스러져서 인공뼈로 갈아끼웠다. 2주간에 걸쳐 10차례의 크고 작은 수술이 진행되었다. 수술은 그에게 희망을 주었다. 수술로 모든 것이 예전으로 돌아가리라고 믿었기 때문이다.

시간이 흐르자 깁스는 풀었고, 침대에 앉아 있을 수도 있었다. 그리고 휠체어를 타고 병원 복도에 나가거나 병원 뜰로 이동하여 바람을 쏘이기도 하였다. 침대에 묶여져 있던 때를 생각하면 많이 좋아진 것이었지만 정상일은 더 깊은 좌절에 빠졌다.

뼈는 철심을 박아서라도 제 위치를 잡을 수 있지만 손상된 척수 신경은 회복이 불가능하여 하반신마비 장애 상태로 살아야 한다는 것을 알았기 때문이다. 그동안 TV에서 혹은 거리에서 휠체어를 타고 다니는 장애인을 보았지만 그것이 자기 문제가 될 것이란 생각은 단 한 번도 해 본 적이 없었다. 장애는 그들의 몫이라고 생각하였다.

참을 수 없는 고통이 한꺼번에 몰려왔다. 지금까지 그가 살아오며 성취했던 모든 것들이 산산히 부서져서 모든 것들이 다 쓸모없게 되었다는 자괴감에 미칠 것만 같았다. 주위에서 해 주는 위로가 '네 꼴 좋다.' 하는 조롱으로 들렸다. 사람이 싫어졌다. 그래서 모든 병문안을 거부했다. 도움을 준 동료 교수는 물론 총장이 찾아와도 만나지 않았다. 소식을 듣고 졸업생들도 찾아왔지만 그 누구에게도 자기 모습을 보여 주고 싶지 않았다.

나중에는 가족들도 싫었다. 어머니는 어머니대로 아내는 아내대로 고통스러워했지만 그 누구도 자신의 고통을 대신해 줄 수 없는 타인의 위로는 전혀 도움이 되지 않았다.

수술을 할 때까지만 해도 나아질 것이라는 기대가 있었지만 정형외과 치료를 마치고 재활치료 단계에서는 살아 있다는 것이 무의미했다. 생리 현상에 대한 조절을 하지 못해 늘 노심초사해야 하고, 방광관리를 열심히 하지 않으면 염증이 생겨 고열에 시달리게 되고, 자세를 바꿔주지 않으면 살이 썩어 들어가는 욕창이 생겨 패혈증의 위협을 받아야 하는 자신의 상태가 죽음보다 못하다는 생각이 들었다. 그래서 늘 죽음을 생각했다.

하지만 죽으려고 해도 죽을 방법이 없었다. 난간 밖으로 뛰어내릴 수도 없고, 먹고 죽을 약을 구하려고 해도 휠체어에 앉아서는 불가능했다. 잠이 오지 않아 수면유도제를 처방받아서 약을 먹고 깊은 잠에 빠져들어가 잠시 현실을 잊어버리는 것이 유일한 탈출 방법이었다. 하지만 눈을 뜨면 현실을 받아들이지 못해 더 괴로웠다. 시간이 너무 느리게 갔다. 지루하였다. 예전에는 시간이 언제 갔는지 모르게 하루가 가고, 일주일이 가고, 한 달이 가고, 일 년이 갔건만 하루종일 누워 있자 정말 시간이 가지 않았다.

사직서를 들고

...

2013년 3월말에 퇴원을 했다. 병원에서 해 줄 수 있는 것이 없었다. 병원에 있을 때는 환자였지만 병원 밖으로 나오는 순간 장애인으로 살아야 한다는 것이 실감이 나지 않았다.

재활학과 치료진들이 장애인으로 살아가는데 필요한 많은 정보를 주었고, 성공한 사례도 많이 들려주었지만 그 얘기가 귀에 들어오지 않았다.

병원에 있었던 기간은 정확히 10개월이었지만 10년이 흐른 것처럼 세상이 바뀐 듯이 느껴졌다. 세상은 바뀌지 않았건만 변한 것은 자신이 휠체어를 탔다는 사실 하나뿐이지만 모든 것이 생경스러웠다.

그가 병원에 있는 동안 그가 밤잠 안 자 가며 추진했던 학교 일들이 마무리되어 있었다. 대불대학교는 세한대학교로 교명이 변경되었고, 전남 영양군에서 충남 당진 캠퍼스로 이전을 한 상태였다. 새로 지은 캠퍼스를 보니 만감이 교차하였다. 새 캠퍼스의 필요성을 역설하며 캠퍼스 이전에 깊숙이 관여했던 그가 휠체어를 타고 당진 캠퍼스에 오게 될 줄은 꿈에도 생각지 못했었다.

총장실에 찾아갔다.

"아이구 정 교수님! 어서 오십시오. 기다리고 있었습니다."

"심려 끼쳐드려 죄송합니다."

"무슨 그런 말씀을 나는 정 교수님이 이렇게 다시 우리 곁으로 돌아와 주셔서 고마울 뿐입니다."

"총장님…… 병원에 몇 차례 찾아와 주신 것 잘 알고 있습니다. 하지만 총장님을 뵐 자신이 없었습니다. 죄송합니다."

"충분히 이해해요. 나라도 그랬을 거예요."

정상일은 총장 앞에 사직서를 내밀었다. 총장은 의아한 듯이 정 교수를 쳐다보았다.

"이것이 최선의 방법이라고 생각합니다. 총장님!"

"정 교수님! 나는 당진으로 이전을 하면서 정 교수님이 선견지명이 있었구나 싶더군요. 예전 캠퍼스는 정 교수에게 불편한 점이 많지만 이곳은 편의시설이 완벽하게 마련되어 있어서 문제될 것이 없어요.

그동안 정 교수님이 우리 학교를 위해 헌신한 결과 학교가 이렇게 발전했는데 앞으로도 계속 도와주세요. 정년 이후에는 명예교수로 계속 모시겠습니다."

총장은 아주 단호하게 그러면서도 간곡하게 사직서를 반려하고 대학 발전을 위해 함께해 줄 것을 당부하였다. 총장은 지금도 세한대학교를 이끌어 가고 있는 이승훈 총장이다. 나이는 그보다 어렸지만 생각이 깊었고 장애인에 대한 편견도 없는 사람이었다.

다시 강단으로

...

복직이 확정되자 그는 완전히 꺼져 버린 줄 알았던 의욕이 되살아났다. 동료 교수들이 당번을 정해 그의 출퇴근을 도왔다. 그의 손으로 뽑은 교강사들이라서 경쟁자 관계가 아닌 은사 개념이 더 컸다. 누구보다도 그에게 용기를 준 것은 학생들이었다. 학생들이 예전과 다름 없이 허리를 90도 굽혀 인사를 하였다.

"교수님! 안녕하세요!"

멀리서 그를 발견한 학생들은 달려와서 인사를 하였다. 학생들은 정상일 교수만 보이지 그가 타고 있는 휠체어는 보이지 않는 듯하였다. 예전과 다름 없이 그를 대해 주는 것을 보고 정상일은 장애인에 대한 편견은 오히려 자기가 갖고 있다는 사실을 깨달았다.

학교 식당에서 학생들과 함께 식사를 했다. 예전에는 학교 행정을 하느라고 점심 약속이 많아서 학교 식당을 이용할 기회가 없었다. 학교 식당에서 식사를 하니 학생들과의 거리가 가까워졌다.

"교수님, 여기 물."

전에는 가까이 다가오지 않던 학생들이 식사가 끝날 때쯤 이렇게 물컵을 들고 살갑게 말을 걸었다. 학생들과 함께하며 교수로서의 자긍심이 생겼다.

동료 교수들에게 출퇴근 도움을 받는 것은 옳지 않는 방법이었다. 그래서 정상일은 손으로만 하는 운전을 배우기로 하였다. 다치기 전에는 장거리 운전을 많이 했기 때문에 운전에는 자신이 있었다. 하지만 발을 사용하지 않고 손으로만 하는 운전은 처음이기 때문에 운전 연수가 필요했다. 그리고 운전면허증도 장애인용으로 바뀌어야 했다.

병원에서 가르쳐 준대로 장애인 운전연수를 위해 국립재활원을 찾아갔다. 그곳에 가니 중도에 장애를 갖게 된 사람들이 많았다. 10대부터 60대에 이르기까지 연령층도 다양하지만 장애를 갖게 된 사연도 모두 영화 같았다. 그리고 직업도 각양각색이었다.

그곳에서 운전만 배운 것이 아니라 자립생활에 대한 방법도 전수받았다. 그는 일주일 만에 운전을 다시 할 수 있게 되었다. 핸들에 핸드콘트롤을 달면 장애인 차량이 된다는 것이 신기했다. 팔 힘이 없어서 차에 태워 주고 내려 주어야 했지만 스스로 운전을 하게 되자 날개를 단 기분이었다.

집은 용인이고 학교는 당진이다. 그 길을 출퇴근하지만 멀다는 생각보다는 달린다는 기분에 힘들지 않았다.

운전을 한 지 얼마 되지 않아서 혼자 부산까지 내려간 적이 있는데 그때 느꼈던 희열은 장애를 갖게 된 후 처음으로 가져 보는 자유였다.

장애를 이겨 낸다는 것은 자신만의 자유를 한 가지씩 늘려 가는 것이란 생각이 들었다.

정상일은 일주일 12시간 수업을 한다. 전공실기는 일대일 레슨인데 문제될 것이 없다. 학교 행정으로 바쁠 때는 휴강을 하거나 조교에게 레슨을 부탁하기도 했지만 지금은 수업에 올인을 하기 때문에 강의 만족도가 더 높다.

그가 다치기 전의 모습을 보지 못했던 신입생들도 선배들에게 얘기를 들어서인지 존경심이 가득했다.

"교수님은 우리 학교의 전설이라고……."

"그래? 지금 또 다른 전설을 만들고 있는데."

"네?"

"기대해 봐."

대학에서 가장 인기 있는 과목은 고전음악이다. 고전 음악을 모르면 음악을 이해할 수 없기 때문이다. 정상일 교수의 고전음악 강의는 수강신청 첫날 수강신청을 하지 않으면 수강 인원 초과로 강의를 듣지 못할 정도로 인기가 좋았다.

그런데 그의 전공은 보컬이어서 노래지도도 한다. 그는 지휘를 하기 전에 성악을 전공했었다. 성악과 출신이지만 우리나라 대중음악을 실용음악이라는 이름으로 학문적으로 접근시킨 사람은 바로 정상일이다. 한국실용음악의 기초를 마련하기 위해서 실용음악개론 등의 전문서적을 펴냈다.

휠체어 강의를 하다 보니 학생들의 수업태도에 따라 강의 분위기가 달라진다. 신입생들은 아직 고등학생티를 벗지 못해 강압적으로 집중을 시키지 않으면 수업 분위기가 산만해진다.

그에 비해 3, 4학년은 자기 진로를 생각하기 때문에 수업에 아주 진지하게 임한다. 그래서 고학년 강의가 훨씬 수업 분위기가 좋다.

"야야, 아빠한테 요즘 유행하는 개그 좀 가르쳐 줄래?"

"아빠가 그걸 알아서 뭐 할려구?"

"학생들 졸 때 써먹을려구."

"아빠가 하면 아재 개그가 돼서 학생들이 비웃어."

그는 인터넷에 떠도는 젊은 세대 용어를 열심히 검색하여 학생들과 소통하려는 노력을 게을리하지 않는다.

정상일은 한국실용음악학회 회장으로 학자로서 연구하는 일에도 게을리하지 않는다. 연구 활동에 변화가 있다면 연구 과제에 장애인음악이 등장했다는 것이다. '장애인음악가들의 삶과 음악 활동에 대한 만족도 분석연구' 등 장애인음악에 대한 연구를 틈틈이 하고 있다.

스스로 편견에 갇혀

...

그는 휠체어를 타게 된 후 그 전과 모든 것이 달라져야 한다는 생각을 갖고 있었다. 예를 들어 휠체어에 타면 넥타이를 맨 정장 차림에 사람들이 흉을 볼 것 같았다. 휠체어에 맞는 복장은 멋을 다 뺀 편리한 차림이 어울린다고 생각하였다.

휠체어를 탄 사람은 선글라스를 끼는 것이 이상하다고 생각했다. 구두보다는 운동화가 더 어울리고…… 복장뿐만이 아니라 모든 생활에서 휠체어와 어울리지 않는 일들이 많다고 생각했다. 가족끼리의 외식이나 친구들과의 술자리, 영화나 공연 관람, 쇼핑, 여행 특히 해외 여행은 할 수 없는 일이라고 여겼다.

휠체어를 탄 후에는 최소한의 기본적인 생활만 해야지 문화생활을 한다는 것은 꿈도 꿔서는 안 된다고 생각하였다. 그래서 그는 스스로 아무것도 할 수 없고, 삶이 아무런 의미가 없다고 여겼다. 그냥 죽지 못해 생명을 연명하고 있는 상태였다.

그런 생각이 바뀐 것은 장애인 커뮤니티에 들어가서 활동을 시작하면서부터였다.

아무래도 시간이 많아 인터넷 서핑을 많이 했는데 우연히 '휠체어로 세계를'이라는 카페를 발견하였다. 그곳에서 정말 많은 중도장애인을 만났다. 장애를 갖게 된 이유도 각양각색이었다. 교통사고나 산업재해 외에도 스키를 타다가 또는 수영장에서 다이빙을 하다가 정말 생각지도 못했던 이유로 장애를 갖게 된 사람들이 많았다.

온라인을 통해 척수장애인으로 휠체어로 생활하는데 꼭 필요한 정보를 얻을 수 있었다. 그 회원들은 의사도 가르쳐 주지 못한 좀 더 세밀한 부분까지 알려 주었다. 경험을 통해 터득한 것이어서 큰 도움이 되었다.

오프라인 모임에 나갔다가 그는 문화적 충격을 받았다. 근육이 빠져나가 볼품 없는 다리를 그대로 드러낸 반바지 차림을 한 사람이 있는가 하면 연분홍 와이셔츠에 파란색 넥타이를 맨 정장맨도 있었다. 남자뿐 아니라 여성들도 한껏 멋을 낸 모습을 보고 깜짝 놀랐다.

'휠체어 사용자들도 이렇게 멋있게 사는구나.'

그들은 형, 동생하며 아주 재미있는 대화를 이끌어 갔다. 장애를 소재로 농담을 하기도 하였다. 그런 모습들이 너무나 자연스러웠고, 너무나 멋있었다.

정상일은 그동안 자기가 비장애인 시절 알게 모르게 갖고 있던 장애인에 대한 편견을 장애인이 된 자기 자신에게 적용하고 있었다는 사실을 깨달았다. 그는 스스로 편견을 깨야 한다고 생각하고 그들과 어울려 자기 자신을 변화시켜 갔다.

　우선 옷차림부터 바꾸기로 하였다. 그는 병원에 갈 때도 정장 차림을 하였다. 단정한 모습을 하고 있어야 긍정적인 이미지가 표출되었다. 그래서 그는 외출을 할 때 거울을 본다. 평범한 스웨터를 입어도 밝은 색 목도리로 포인트를 주는 센스를 잊지 않는다.

　하여 그는 여전히 멋쟁이란 소릴 듣는다.

주말부부에서 매일부부로

...

정상일은 대학으로 가면서 주말부부로 살아야 했다. 아내는 나주에 있는 고등학교 교사로 재직하고 있었기 때문에 남편의 근무지를 따라다닐 수가 없었다. 주말에도 학교 행정 때문에 나주에 가지 못할 때가 많았다. 그나마 방학을 해야 함께 지낼 수 있었지만 박사과정 공부를 하는 6년 동안은 방학을 해도 소용이 없었다. 러시아에서 여름학기, 겨울학기를 이용해 전공 이수 과목을 수강해야 했다.

일만 하는 남편 때문에 외로웠을 아내에게 장애라는 것은 더 큰 외로움을 안겨 주었다. 남편이 병원에 누워 있을 때도 아내는 학교에 가야 했다. 보통 사고로 누워 있는 환자 곁을 부인이 지키지 않으면 주위 사람들이 쑥덕거리기 마련이다.

부인하고 사이가 안 좋다는 둥, 떠나는 여자들이 많다는 둥 하면서 장애가 곧 부부를 갈라놓는 요인이 된다는 식으로 조언을 해 주는 사람들이 많다. 예민할대로 예민해진 당사자들에게 그런 조언은 갈등의 요인이 된다. 정상일에게도 예외는 아니었다.

사고가 나면 부부 사이에 원가족이 깊숙이 개입하여 부모가 의사 결정권을 가지게 된다. '형제 밖에 없다.', '부인은 남이다.' 하는 냉랭한 기류가 형성되어 가족 문제를 일으킨다. 하지만 정상일 부부는 모든 감정을 덜어내고 아주 이성적으로 문제를 해결하였다.

"당신한테 일이 소중하듯이 나한테도 교직은 천직이에요. 지금 학교를 그만두고 당신을 보살핀다면 우리 둘 다 장애에서 벗어나지 못할 거예요."

아내는 정상일보다 6살 아래였지만 변화에 대처하는 방식이 의연했다. 그런 의연함이 오해를 사기도 했지만 교육자다운 모습이었다. 이렇게 부부의 위기를 극복하자 좋은 일이 생겼다.

2016년 3월 1일에 용인으로 발령이 났다. 배우자가 1급 장애인으로 보살핌이 필요하기에 배우자가 있는 곳으로 학교를 발령내 주는 제도가 있는데 거기에 해당이 되어 극적으로 용인으로 올라올 수 있게 되었다.

장애인이어서 덕보았다고 정 교수는 활짝 웃어 보였다. 사실 지방에서 서울 근교로 발령이 난다는 것은 낙타가 바늘귀로 들어가는 정도로 어려운 일이다.

그래서 30년 넘게 이어져 오던 주말부부를 끝내고 매일부부가 되었다. 모처럼 네 식구가 모여 살면서 가족의 사랑을 느끼고 있다.

어디 그뿐인가 아이들이 성장한 후에는 한번도 해 보지 못한 가족 여행이라는 것도 하고 있다. 여행이 목적은 아니었지만 휠체어합창단 공연을 하러 가면서 공연 자원봉사자로 아내와 딸들이 따라오면 그것이

가족 여행이 되었다.

다치지 않았으면 바쁘다는 핑계로 가족들과 보내는 시간을 갖지 못하였을 텐데 지금은 남편을 케어하기 위해 또 아빠를 돕기 위해 가족들과 함께하는 시간들이 많아졌다.

휠체어 지휘자로 첫 무대

...

2013년 겨울이 시작될 무렵 고향 후배가 찾아왔다. 국제신학대학원대학교에서 교수음악회를 하는데 지휘를 해 달라는 것이었다. 다치기 전이라면 스케줄이 맞는지 수첩을 꺼내 봤을 텐데 그는 후배에게 화를 내다시피 하였다.

"쓸데 없는 소리!"

"선배님! 할 수 있으세요."

정상일도 예전에 용기를 갖지 못하는 학생들에게 또는 지인들에게 '넌 할 수 있어.'라는 말을 많이 했었다. 그런데 막상 자신이 그 말을 들으니 '당신은 할 수 없는 사람이지만 할 수 있다고 생각해.' 하는 의미로 들려 가슴이 쑤셨다. 그래서 그는 단호히 거절을 했다.

휠체어를 타고 오케스트라를 지휘한다는 것을 상상할 수가 없었다. 그런데 후배가 돌아간 후 그는 자신도 모르게 그가 들고 온 교수음악회 기획안을 보았다. 12월 송년음악회 성격이었다. 다치고 난 후 많아진 것은 시간이어서 스케줄은 문제될 것이 없었다. 장소가 세종문화회관이었다. 그곳은 수천 번 가 보고 수십 번 서 본 무대여서 무대 구석구석을 훤하게 알고 있었는데 휠체어로 이동하는데 문제가 없다는 생각이 들었다.

무대 뒤에 있다가 무대 중앙으로 입장을 해서, 무대 정중앙에서 잠시 멈추어 관객들에게 인사를 한 다음에 돌아서서 오케스트라 단원들과 준비 사인을 교환한 후 지휘봉을 높이 쳐들어 시작을 선포하면 그 다음부터는 자연히 연주가 진행되겠기에 문제될 것이 없었다.

휠체어를 뒤에서 밀어주면 걸어서 입장을 하는 시간보다 더 빠르기 때문에 순식간에 이루어지는 과정을 그는 생각하고 또 생각하다 보니 아주 길게 느껴졌다.

"여보, 내 연주복 다 버렸나?"

"그럼, 당신이 다 버리라고 했잖아요."

그는 병원에서 퇴원해 집에 돌아와서 가장 먼저 한 일이 옷정리였다. 휠체어에 타게 된 후 가장 큰 변화는 걸어다녔을 때 입었던 옷들이 불편해서 입을 수가 없게 된 것이다. 사람들에게 멋쟁이라는 소리를 들을 정도로 패셔니스타였지만 그런 옷들이 다 부질 없었다.

특히 공연을 할 때 입는 연미복은 더욱 입을 수가 없어서 몽땅 집밖으로 내보냈다. 옷장을 열었을 때 연주복을 보면 가슴이 찢어지는 것 같아서 그가 다 버리라고 했다.

"연주복은 갑자기 왜 찾아요?"

"그냥……."

높은음표가 그려진 블라우스형 연주복을 입고

아내가 옷장을 연 순간 그의 눈에 들어오는 블라우스가 있었다. 광주에 사시는 권사님이 직접 만들어 주신 블라우스 형 연주복이었다. 왼쪽 가슴에 높은 음표가 그려진 디자인으로 그때 검정색과 흰색 두 벌을 지어 선물해 주셨다. 가벼운 공연 때는 연미복이 오히려 부담스럽기 때문에 그 옷을 가끔씩 입곤 하였다.

그 옷이 옷장 속에 있다는 것이 큰 위안이 되었다. 그 옷이 무대를 꿈꾸게 만들었다. 후배가 돌아가면서 '선배님! 저희 그날 선배님 모시러 오겠습니다. 선배님이 끝까지 거절하시면 음악회 지휘자 없어서 공연 망칩니다.' 라고 했기 때문에 정상일은 내심 혼자서 공연 준비를 하였다.

병원에 있을 때 처음에는 숟가락을 쥐지도 못했다. 그 순간 지휘자 생명은 끝났다고 판단하였다. 침울한 표정을 보고 의사가 말했다.

"환자분, 손에 보조장비를 끼면 얼마든지 숟가락을 들고 식사를 할 수 있어요. 어떤 환자는 운동으로 손힘을 키워서 다시 예전처럼 손을 사용하시는 경우도 있어요."

그는 숟가락을 들지 못해 밥을 먹지 못할까 봐 걱정하는 것이 아니라 지휘봉을 잡지 못하게 될 것을 걱정하고 있었기에 운동으로 손힘을 키울 수 있다는 말이 귀에 들어왔다. 그래서 그때부터 손을 쥐었다 폈다 하며 혼자서 열심히 손운동을 하였다.

퇴원해서 집에 돌아온 후 가장 먼저 확인해 본 것이 지휘가 가능한지 시험해 본 일이었다. 쥐는 힘이 약하긴 해도 지휘봉을 떨어트릴 정도는 아니었다. 그는 입으로 흥얼거리며 지휘봉으로 박자를 맞춰 보았는데 역시 실력은 그대로였다.

마지 못해 무대에 오르게 될 경우를 위해 지휘봉을 꺼내 혼자 연습을 해 보았다. 연습을 할수록 지휘 감각이 되살아났다. 장애 때문에 지휘 봉에 약간의 힘이 빠지니 지휘 선이 오히려 부드러웠다.

조금씩 자신감이 생겼다. 딸 둘을 키우며 읽어 주었던 신데렐라 동화 의 주인공이 된 기분이었다. 계모의 핍박 때문에 왕궁에서 열리는 무도 회에 갈 수 없었던 신데렐라가 마법사의 도움으로 황금 마차가 준비되 고 아름다운 드레스를 입고 왕궁에 가서 왕자님과 춤을 추는 동화 같 은 일이 정상일에게도 벌어지고 있었다.

권사님이 지어 준 연주복을 입고, 후배들이 갖고 온 자동차를 타고 세종문화회관에 도착하였다. 리허설을 하고 있던 오케스트라 단원들 이 앞다투어 정상일에게 인사를 건넸다.

"내가 늦었나. 빨리 한 번 맞춰 봅시다."

마치 아무 일도 없었다는 듯이 예전처럼 말하고 나니 갑자기 생기가 났다. 자꾸 시계를 쳐다봤다. 공연 시간을 자꾸 체크하게 되었다. 긴장 을 한 탓이었다. 시간은 정확히 가고 있었다. 드디어 무대 막이 올랐다. 이제 정상일 지휘자가 등장할 순서였다.

뒤에서 천천히 휠체어를 밀어주었다. 그는 이동식 무대에 몸을 맡긴 듯 편안하게 무대 중앙을 향해 이동을 하며 객석으로 눈길을 돌렸다.

대강당 객석이 관객들로 꽉 채워져 있었다.

관객들은 휠체어가 보이자 박수를 치기 시작했다. 그 소리는 정상일에게 자신감을 충전시켜 주었다.

첫 휠체어 지휘 데뷔 무대는 대성공이었다. 모든 것이 기적이었다.

장애인의 날

...

그렇게 장애인으로 사는 방법을 익히며 휠체어 지휘로 자신감을 얻은 2013년도가 지나갔다. 2014년도 새 달력이 책상 위에 있었다. 달력을 한 장 한 장 넘겼다. 새 달력을 받으면 그는 그렇게 달력을 넘기며 1년 동안의 스케줄을 적어넣으며 확인하던 버릇 때문이다.

3장을 넘기고 나타난 4월에 장애인의 날이 있다는 것을 알았다. 그동안도 수없이 4월 달력을 보았었지만 그의 눈에 들어오지 않던 장애인의 날이 아주 또렷이 보였다.

'세상에 장애인의 날도 있었구나.'

아주 생소하게 느껴졌지만 장애인의 권리를 찾는다는 점에서 큰 의미가 있다는 생각이 들었다. 그는 그런 의미 있는 날을 기념하기 위하여 뭔가 의미 있는 일을 해야 한다는 의무감과 사명감이 솟구쳤다.

그래서 그는 서로 다른 것이 합해지면 아주 멋진 새로운 창조가 된다는 의미에서 퓨전이라는 주제가 떠올랐다. 그래서 우선 장애인과 비장애인이 합해지고 클래식과 대중음악이 합해진 오케스트라를 창단해서 매년 장애인의 날 정기 공연을 하면서 장애인에 대한 인식을 개선시키는 것이 필요하다는 판단으로 창단 준비를 하였다.

그렇게 해서 탄생한 것이 CSI퓨전오케스트라이다. CSI는 정상일의 이니셜이다. 2014년 4월 20일 창단 음악회를 열 때만 해도 장애인오케스트라도 없고 장애인 공연도 없다고 생각할 정도로 정상일은 장애인 관련 정보가 부족했다.

만약 미리 알았더라면 그 힘든 일을 하지 않았을 것이다. 장애인음악인을 찾아서 연습을 시키고 공연 준비를 하는 과정이 비장애인과는 달리 어려움이 많았다. 이동, 연습장소, 공연장 등을 구하는데 난관에 부딪혔다. 실제로 당해 보니까 장애인들이 왜 거리로 나와서 시위를 하는지 이해가 되었다. 그래서 그는 '장애인의 노래'를 작사작곡을 하였다.

　　힘내라 우리는 대한의 장애인
　　비록 조금 불편하지만 불행하지 않다
　　안 될 것도 없다. 못할 것도 없다
　　우리는 장애인이다
　　영원히 빛나는 미래, 우리는 하나

　　힘내라 우리는 대한의 아들 딸
　　함께하는 세상이라서 행복한 우리
　　두 손 맞잡고 같이 나가자 희망찬 내일을 위해
　　영원히 빛나는 미래, 우리는 하나

장애인의 노래라는 것 자체가 존재하는 것에 반대하고 가사가 촌스럽다고 말하는 사람들도 많지만 정상일은 장애인으로 생활한 짧은 시간 속에서 느낀 것을 표현하였을 뿐이다.

기립형 휠체어

...

척수장애인들이 반드시 거치게 되는 코스 중의 한 곳이 국립재활병원이다. 그곳은 장애인 신천지이다. 신기한 보조공학기기를 많이 보게된다.

"여보, 여보! 그분이 서서 다녀요!"

아내가 이렇게 놀라워하는 것은 휠체어에 앉아 있던 사람이 한순간 벌떡 일어나서 미끄러지듯이 이동하는 것을 보고 왔기 때문이다. 그 말을 처음 들었을 때는 정상일은 믿지 않았다. 아내가 너무 피곤해서 착각을 한 것으로 생각했다.

그분은 국립재활원 부속 재활공학연구소 과장으로 있던 김종배 박사이다. 김 박사는 카이스트 석사과정 마지막 학기에 추락사고로 경추 손상을 입어 전신이 마비된 중증장애인이다. 그런 그가 미국 피츠버그 대학에서 재활공학 박사학위를 받고 대학 연구소에서 연구원으로 일하며 교수 임용을 기다리고 있다가 고국의 장애인을 위해 한국으로 돌아온 척수장애인의 희망과 같은 존재이다.

"정 교수님! 제가 교수님한테 권해 드리고 싶은 휠체어가 있어요."

속으로 지하철 등 거리에서 본 전동휠체어는 필요 없다는 생각을 하고 있었다.

"정 교수님은 지휘를 하셔야 하는데…… 오케스트라 단원들을 한 눈에 다 보시려면 눈높이가 높아야 할 것 같아서요." 라는 말이 끝나기도 전에 김종배 박사는 휠체어를 일직선으로 만들어 선 모습을 보여 주었다.

"이거 어떠세요?"

아내가 봤다는 것이 바로 그것이었다. 정상일은 아내보다 더 놀랐다. 아내는 김 박사가 일어선 것을 보고 단순히 놀란 것이지만 정상일은 자기한테 꼭 필요한 물건이 꿈이 아닌 현실에서 그것도 자신 바로 앞에 있다는 경이로움에 넋이 나갔다.

"한번 타 보시겠어요?"

정상일은 기립형 휠체어 덕분에 두 다리로 우뚝 섰다. 섰다기보다 두 다리를 무릎에서 한 번 묶고, 허리에서 한 번 묶고, 가슴에서 한 번 묶어서 고정시킨 상태로 세웠다고 하는 것이 더 정확한 표현이겠지만 그래도 섰다는 기쁨에 눈물이 나올 것 같았다.

"조금 어지러우실 거예요. 눈높이가 달라지면 그런 어지럼증이 생겨요. 기립성저혈압 때문인데 하루 2~3시간 정도는 서 있는 상태를 유지해야 빈혈 증상이 없어지고 골다공증도 예방할 수 있어요."

그의 친절한 설명이 들리지 않았다. 그저 평생 앉아 있을 것으로 생각했는데 서 있다는 사실이 믿겨지지 않아서 흥분된 상태였다.

"이 휠체어는 얼마예요?"

무조건 구입할 요량으로 가격을 물어보았는데 국내에서는 생산이 되지 않아 수입을 해야 하고, 건강보험 적용 품목이 아니어서 구입하려면 3천만 원 정도의 비용이 든다고 하였다. 병원비로 돈을 많이 없앤 터라 3천만 원이라는 말에 기가 죽었다.

"대여가 가능해요. 일단 빌려서 사용해 보세요."

"아, 그럴 수 있군요. 감사합니다."

어렸을 때 아버지가 처음 사 준 자전거를 타고 노느라고 밥을 먹는 것도 잊어버릴 정도로 자전거에서 내려오지 않았었던 것처럼 그는 그 기립형 휠체어에서 벗어나고 싶지가 않았다.

다시 서서 지휘하다

...

　2015년 9월 20일, 정상일은 서울 여의도에 있는 영산아트홀에서 광복 70주년 기념 대한민국 ROTC 합창단과 함께하는 루마니아 티미수아라 오케스트라 연주회에서 사고 후 처음으로 서서 지휘를 하였다. 기립형 휠체어 덕분이었다. 휠체어를 타고 등장한 후 휠체어를 위로 쫙 펴서 서 있는 자세를 취하자 객석이 술렁거렸다. 사람들은 처음 보는 광경이 신기하기도 하지만 휠체어 지휘자의 간절함이 전해져서 감동을 받은 것이다.

　정상일도 기립형 휠체어가 있다면 앉아서 지휘하며 생길 수 있는 문제를 얼마든지 해결할 수 있다는 자신감이 생겼다.

　사실 지휘는 단원들 하나하나를 다 쳐다볼 수 있어야 하고 단원들도 지휘자의 손끝을 놓치지 말아야 하기에 시선이 매우 중요하다. 그래서 지휘대를 놓아 주는 것이다. 그런데 휠체어 지휘대를 만들려면 공간이 많이 필요하다. 지휘대에 올라가기 위해서는 경사로를 설치해야 하기 때문이다. 그런데 경사로가 가파르고 휠체어를 밀어주는 사람이 경험이 부족하면 그 가파른 경사로로 밀어 올리다가 바퀴가 밖으로 빠져 넘어지는 아찔한 광경이 벌어지기도 하였다.

바닥에 쓰러진 지휘자를 휠체어에 앉히고 그 위험천만한 경사로를 다시 이용해서 지휘대에 올라 지휘봉을 잡으면 우레와 같은 박수가 터진다. 그는 그 소리에 모든 고통을 잊고 평정심을 되찾은 후 지휘를 한다.

단원들도 지휘자의 마음을 알기에 최선을 다 한다. 그래서 정상일이 지휘를 하면 최고의 하모니를 만들어 내는 것이다. 정상일은 휠체어에 앉아서 지휘를 하는 자신이 예전과 다른 마음가짐을 갖고 있다는 것을 깨달았다. 예전에는 지휘대에 서면 나를 따르라 하는 식으로 군림하며 위엄을 보이려고 했었다. 한마디로 권위적이었다.

하지만 휠체어 지휘자가 된 후 단원들 아래에서 단원들을 섬기는 자세로 변했다. 단원들에게 눈길을 줄 때도 예전에는 '실수하지마' 라는 경계였다면 이제는 '최선을 다해 달라' 는 따뜻한 부탁이다.

장애는 사람을 겸손하게 만든다는 것을 알았다.

종교 생활

...

    장애를 받아들이는데 가장 큰 도움이 된 것은 종교였다. 그는 40년 전부터 성가대 지휘를 했었다. 그때는 일요일에만 교회에 가는 선데이 크리스천이었다. 하지만 지금은 매일 기도하는 에브리데이 크리스천으로 살고 있다. 병원에서 퇴원한 후 방배동에 있는 로고스 교회를 찾아 갔다. 음악이 잔잔히 흐르고 있는 기도실에서 기도하며 마음의 평화를 찾았다. 그래서 매일 기도실을 찾아가서 자신이 어떻게 살아가야 할지를 스스로에게 물으며 답을 들었다.

    이제부터 제2의 삶을 살기로 한 것이다. 휠체어에 타게 되었다고 모든 것을 포기한다면 그동안 살아온 삶이 다 부정되는 것이란 생각이 들었다. 그래서 다시 도전하기로 하였다. 그 도전 가운데 장애인과 함께한다는 것이 있었다. 자기에게 있는 재능을 장애인과 나누리라 굳게 결심했다.

휠체어합창단 창단

...

그는 두 다리 대신 휠체어로 모든 일상생활을 하며 장애인으로 산다는 것이 얼마나 힘든 일인지 실감하였다. 그는 원직으로의 복귀가 빨라서 그런지 중도장애인이 겪게 되는 재활의 단계를 빠르게 거쳐 지나갔다. 보통 왜 나에게 이런 고통이 생겼는지 분노하면서 현실을 부정하다가 아무것도 할 수 없다는 좌절감에 빠져 6~7년 가량 지나야 장애를 수용하게 되는데 그는 학교로 돌아온 후 바로 장애를 받아들이게 되었다.

장애를 수용한다는 것은 장애인 친구를 사귀고 장애인 관련 일에 관심을 갖고 참여한다는 뜻이다. 그는 자기가 먼저 장애인을 찾아다녔다. 우선 자신의 장애가 척수장애여서 한국척수장애인협회부터 방문하였다. 그곳은 중도에 사고나 질병으로 장애를 갖게 된 척수장애인들의 복지와 권리를 위해 일하는 곳이었다. 그는 바로 회원 가입을 하였다.

그리고 생각한 것이 장애인예술이었다. 관심을 갖고 알아보니 예술 활동을 하고 있는 장애인도 많았고, 예술 활동을 하고 싶어하는 장애인은 더 많았다. 정상일은 자기 활동 분야가 음악이고 그 가운데에서도 지휘라는 점을 감안하여 가장 손쉽게 활동할 수 있는 휠체어합창단을 떠올렸다.

장애인합창단이 없었던 것은 아니지만 발달장애나 시각장애 중창단 활동이 대부분이었다. 그래서 그는 휠체어 사용자로 구성된 국내는 물론 세계 최초로 '대한민국휠체어합창단'을 창단하였다. 장애인예술계에 기반이 없는 그는 단원 모집에 어려움이 있을 것으로 예상하였지만 장애인 언론에 아주 짧게 난 기사를 보고 연락을 하는 사람들이 너무 많아서 단원 40명 목표를 훌쩍 넘겨 2016년 2월 21일 창단기념식을 가졌다.

그를 알고 있던 사람들이 많이 찾아와 주어 정상일의 새로운 인생 출발을 격려해 주었다. 사람들은 너무나 큰 고통을 의연하게 대처해 나가는 정상일에게 무한 신뢰를 보내며 지지해 주었다.

대한민국휠체어합창단은 그해 장애인의 날 기념으로 장천아트홀에서 첫 무대를 가졌다. 휠체어합창단의 가능성을 유감없이 보여 주었다. 무엇보다 단원들의 성취감이 커서 휠체어합창단은 내부 결속이 아주 잘 되는 장점이 있다.

대한민국휠체어합창단 단원 규모 목표를 100명으로 잡았다. 100이라는 숫자가 주는 무게감이 있어서 그 정도는 되어야 한다고 생각하였다. 그 목표를 달성하는데 아무리 빨라야 5년은 걸릴 것이라고 생각했다. 일반 합창단과는 달리 이동에 제약이 많고, 합창단은 다른 음악 장르와 달리 큰 무대가 아니면 서기 어렵다는 공연 수요 문제로 대개 발전 속도가 느린 특성이 있다.

다치기 전 지휘하는 모습

그런데 입단을 원하는 장애인이 많아서 1년 만에 100명 목표를 달성하였다. 지금도 계속 입단 원서가 들어오고 있지만 연습할 장소도 좁고, 단원 관리도 어려워 100명 이후는 대기자로 남아 있다.

합창단 성별 비율은 여성이 70%로 훨씬 많다. 그리고 중증장애인이 80%이다. 20%는 경중장애인으로 보행이 가능하지만 무대에 오를 때는 휠체어를 사용한다.

연령으로 보면 50대 이후가 대부분이다. 젊은 사람들은 새로운 것을 찾아 옮겨다니느라 한군데 정착을 하지 못한다. 50대 이후 장애인은 장애인복지가 가장 척박했던 시기를 보낸 분들이다. 대학에 가기도 힘들었고 취업은 거의 불가능하였다. 그러다 보니 온갖 차별을 온몸으로 받으며 살았던 장애인이 노년을 맞아 즐기면서 자존감을 찾으려고 하다가 휠체어합창단을 발견하고 모여들기 시작하였다.

합창단에 최고령은 70살 단원이다. 어느 날 그 단원이 물었다.

"단장님! 휠체어합창단 단원은 몇 살까지 할 수 있나요?"

"우리는 종신제죠."

"아, 다행이네요. 그럼 하늘나라로 갈 때까지 하면 되겠군요."라며 밝은 표정을 지었다.

좋은 직장을 갖고 직위도 높은 장애인 분이 면접을 보러 왔다. 처음에는 장애가 심하지 않아서 단원 심사에서 탈락하였다. 그때는 휠체어 사용자만 단원으로 받았다. 그런데 그분이 또 왔다.

"알아보니 경중장애인도 단원으로 활동을 하고 있다고 해서요."라

휠체어를 타고 단상에 올라 지휘하다

며 다시 온 이유를 설명하였다. 그런데 그때도 역시 탈락하였다. 유명
호텔 과장으로 근무하는데 연습은커녕 공연을 할 수 있겠느냐며 활동
을 하지 못할 단원이라고 판단하였다.

그런데 그분이 또다시 면접을 보러 왔다.

"단장님! 저는 성악가가 되고 싶었는데 그때는 장애 때문에 엄두도
내지 못했어요. 혼자서는 무대에 오를 자신도 없고 그럴 기회도 없겠
지만 합창단을 통해 제 꿈을 이루고 싶어요. 제발 받아 주세요."

그는 지금 대한민국휠체어합창단 단원으로 활동하고 있다.

단원이 늘어나는만큼 단장으로서의 책임이 크다. 우선 공연을 많이
잡아와야 한다. 연습을 할 때나 공연을 할 때 물 한 병, 도시락 한 개를
제공하려고 하면 개인으로는 감당하기 힘든 비용이 든다. 단원들 단복
으로 블라우스 한 장을 준비하는 것도 인원이 많다 보니 부담이 크다.

합창단을 운영하려면 사무실도 필요하고, 유급 직원이 한 명 정도는
있어야 급한 일처리를 할 수 있는데 그 역시 요원하다. 장애인문화예술
공모사업을 통해 예산을 마련해도 법인이 아니라고 사업비를 법인 단
체의 30% 정도밖에 받지 못한다.

이렇게 어려운 현실을 헤쳐나가기 위해서는 공연을 열심히 해야 한다.
그래서 정상일은 대한민국휠체어합창단 지휘자가 아니라 연예기획사
영업 직원처럼 뛰어다닌다. 예전에는 가만히 있어도 저절로 공연 요청이
들어왔지만 장애인 공연은 가서 일일이 설명을 하고 간곡히 부탁을 해
도 들어줄까 말까이다.

2016장애인문화예술축제 <리날레> 연주회에서 기립형 휠체어를 타고

단원들과 독도 탐방

합창단이 목표로 세운 공연이 있다. 바로 2018평창동계패럴림픽대회 개회식에서 애국가를 부르는 것이다. 전 세계인들이 지켜보는 올림픽에서 휠체어장애인 100명이 역시 휠체어 지휘자의 지휘에 맞춰 애국가를 합창한다면 장애인올림픽이 주는 메시지를 충분히 전달할 수 있기 때문이다.

정상일은 단원들에게도 평창 무대의 꿈을 심어 주었다. 그래서 연습을 시작할 때 100명의 단원들이 힘차게 외친다.

"가자! 평창으로, 파이팅!"

단원들과의 약속을 지키기 위해서라도 정상일은 조직위 관계자들을 만나 설명하고 설득하고 있다.

"교수님! 취지는 충분히 이해를 했는데요. 100명의 휠체어가 올라갈 정도의 사이즈가 나오지 않아요."

"무대 필요 없어요. 우린 바닥에서도 해요."

"휠체어 100명을 평창까지 이동하는 것도 큰 문제입니다. 알아보니 휠체어 리프트가 부착된 버스가 우리나라에 많지 않더라구요."

"그것도 걱정하지 마세요. 우리가 알아서 평창까지 가고, 공연 마치면 우리가 알아서 서울로 돌아올 거예요."

"평창까지요?"

"평창이 뭐가 멉니까. 우리 합창단 유럽, 러시아 이제 곧 카네기홀 공연 가요. 전 세계를 누비고 다니고 있는데 우리나라 안에 있는 평창은 아무것도 아닙니다. 그런 걱정은 전혀 하지 마세요. 돈 워리(don't worry!)"

공연 준비

...

예전에는 공연 준비를 할 때 정상일이 하지 않아도 다른 사람들이 알아서 할 수 있는 일들이 많았지만 지금은 그가 직접 움직여야 한다.

공연장 편의시설이나 무대 구조 등을 직접 보지 않으면 단원들의 등퇴장이나 배치가 꼬여서 엉망이 된다. 비장애인이 보는 시선으로는 잡아내지 못하는 것이 있기 때문이다.

한번은 장애인용 화장실이 있다는 말만 듣고 갔다가 낭패를 본 적이 있다. 전동휠체어로 접근이 불가능했기 때문이다. 그래서 인근에 있는 다른 건물을 이용하게 하였다.

무대 위에 합창단이 배치되면 휠체어라서 이동이 어렵다. 비장애인합창단처럼 윗줄 아랫줄로 순식간에 줄 바꾸기를 한다거나 앞으로 나왔다가 다시 자기 자리로 돌아가는 등의 연출이 어렵다.

하지만 변화는 줘야 해서 단원들이 앞으로 또는 옆으로 나올 때가 있는데 그것도 무대 리허설을 하지 않으면 제대로 연출이 되지 않는다. 휠체어끼리 부딪혀서 안전사고가 발생하지 않도록 항상 긴장의 끈을

놓지 않고 있다.

공연을 성공적으로 마치고 나면 긴장이 풀려서 갈증과 함께 배고픔이 확 밀려온다. 그리고 공연에 대한 자체 평가를 하기 위해 저녁 자리가 마련되곤 하는데 휠체어합창단은 그것이 힘들다. 그 많은 휠체어가 들어갈 음식점을 찾을 수 없을 뿐 아니라 찾는다 해도 밥을 사 먹는 것이 아니라 밥을 얻어먹는 것 같은 기분이 들어서 공연 성공을 자축할 수가 없다.

정상일은 휠체어합창단을 운영하며 수많은 어려움에 봉착했지만 '밥 먹는 것까지 이렇게 어렵구나.' 싶어 우리 사회가 빨리 선진 사회로 성숙해야 한다는 사회의식이 점점 강해지고 있다.

휠체어합창단 공연 선곡 역시 정상일의 몫이다. 그는 주제별로 묶어서 선곡을 한다. 우선 장애인의 우울한 분위기를 지우고 경쾌한 노래로 장애인의 새로운 이미지를 형성하기 위해 〈오 해피데이〉로 시작한다. 합창단의 고령화를 우려하는 목소리도 있어서 〈댄싱퀸〉을 준비한다.

그리고 해외 공연 때는 고국을 자랑스럽게 생각하기를 바라는 마음에서 〈아름다운 나라〉, 〈아름다운 강산〉을 부르고, 외국인들을 위해 〈홀로 아리랑〉이나 〈경복궁 타령〉 같은 한국의 민요를 들려준다.

특히 마지막 곡으로 〈뷰티플 코리아〉를 교민들과 함께 부르면서 마무리를 하면 서로 손을 잡고 포옹을 하면서 눈시울을 붉힌다. 그 모습에 대한민국휠체어합창단 눈에도 이슬이 맺혀 감동을 더해 준다. 그 순간은 모두의 가슴에 애국심이 가득하다.

로마에서 연주회를 앞두고

단원의 90%가 기독교신자여서 〈하나님의 은혜〉를 넣고, 〈병사들의 합창〉으로 북핵이 염려되는 상황에서 장애인도 함께 나라를 지킨다는 각오를 외치기도 한다. 그리고 영어 노래도 가능하다는 것을 보여 주기 위해 〈you raise me up〉도 선보인다.

물론 앵콜곡도 준비한다. 빠른 템포의 〈무조건〉을 신나게 불러 누구든지 부르면 우리 합창단은 무조건 달려간다는 메시지를 전달하기 위해서이다.

합창을 하며 노래를 잘하는 단원은 독창을 한다. 그리고 악기를 다룰 수 있는 단원은 악기 연주도 곁들인다. 합창이 주는 단조로움을 극복하기 위해서 다양한 방식을 구사해 보는 것이다.

큰 무대 공연일 때는 사회자가 별도로 있지만 작은 공연일 때는 사회를 단장인 정상일이 본다. 사회를 보며 자신의 이야기도 하고 공연장에서 있었던 에피소드도 소개하고, 휠체어합창단의 비전도 제시하기 때문에 더 알찬 메시지를 전달할 수 있다.

지휘를 할 때 가장 행복한 남자

...

오케스트라를 지휘할 때는 지휘봉을 사용하지만 합창단은 지휘봉을 사용하지 않는다. 정상일은 그동안 수많은 공연의 지휘를 했지만 지금도 공연을 하기 전에는 긴장을 하고 공연이 잘 마무리지어질 수 있기를 기도한다.

큰 무대에서 지휘를 하건 작은 무대에서 지휘를 하건, 비장애인 공연이건 장애인 공연이건 그가 임하는 자세는 똑같다. 언제나 최선을 다하고 지휘를 하는 동안 본인이 즐거워서 그의 얼굴에서 미소가 떠나지 않고 손끝이 춤을 추듯이 살랑거린다. 그는 지휘를 할 때 가장 행복해 보인다.

만약 그날의 사고로 두 팔을 사용할 수 없게 되어 지휘를 할 수 없는 상황이 되었다면 그는 견디지 못했을 것이다. 그래서 요즘 그는 두 팔을 남겨 주셔서 감사하다는 기도를 한다.

그가 가장 멋있었던 공연은 올 5월 20일 국립극장 kb청소년극장에서 있었던 대한민국휠체어합창단 정기공연이었다. 20인조 오케스트라 반

카네기 공연 포스터

주에 맞춰 휠체어합창단 90명과 ROCT남성합창단 10명 그리고 솔리스트 2명이 무대를 꽉 채웠다.

객석은 빈자리가 없었고 입장하지 못한 관객들은 밖에서 모니터를 통해 관람을 할 정도로 대성황을 이루었다. 누구라면 알 만한 내빈들의 참석도 눈길을 끌었다.

그 무엇 하나 아쉬운 점이 없었던 완벽한 공연이었다. 이런 공연을 기획해서 연출하고 지휘까지 한 정상일은 너무나 행복해서 피곤한 줄도 몰랐다.

대한민국휠체어합창단은 창단된 지 얼마 되지 않았지만 한·오스트리아 문화교류 초청연주회, 한·이태리 문화교류 이솔리스트 로마합창단 초청연주회, 한·러시아 문화교류 모스크바 금관앙상블과 함께하는 연주회 등 해외 공연에 초청되어 세계적인 합창단으로 성장하고 있다.

다치기 전에는 학생들과 다니던 해외 공연을 다친 후에는 휠체어합창단과 다니고 있는 것이다. 그동안 그가 세계 곳곳을 다니며 쌓아 놓은 인맥들이 있기에 휠체어합창단은 국제 무대에 서서 아름다운 하모니로 세계인들에게 한국 장애인의 멋진 모습을 보여 주고 있다.

건강했을 때는 턱이나 계단이 눈에 들어오지 않았는지 수십 번을 가 본 곳인데도 생각이 나지 않아서 해외 공연을 가기 전에 반드시 확인하는 것이 있다.

"그 공연장에 엘리베이터가 있던가요?"

카네기 공연

그 질문을 받은 사람도 반신반의하며 가서 확인해 보겠다고 한다. 장애인에게는 절실한 문제이지만 비장애인들은 눈에 띄면 엘리베이터를 이용하고 없으면 계단으로 이용하면 되니까 관심이 거의 없었던 것이다.

예전에는 로마에 갔을 때 정말 고풍스러운 역사의 도시라고 감동을 했지만 지금은 로마는 불편한 도시로 인식이 될 정도로 도시를 판단하는 기준이 달라졌다.

대한민국휠체어합창단이 카네기홀 메인무대에서 공연을 한 것은 2017년 정상일을 가장 감동시킨 무대였다. 10월 1일 미국 카네기홀에서 제1회 세계성가합창제가 열리는데 대한민국휠체어합창단이 초청을 받았다. 합창제 참가 합창단은 한국과 미국의 비장애합창단이고 장애인합창단은 대한민국휠체어합창단 뿐이다.

이 공연에서 '하나님의 은혜' 등 2곡을 불렀고, 참가 합창단 가운데 유일하게 기립박수를 받았다. 박수가 끊이지 않아 인사하기 위해 고개를 숙인 단원들이 머리를 들지 못하고 계속 인사하는 자세를 취하느라 허리가 아플 정도였다 한다.

세계무대에 대한민국휠체어합창단이 서게 된 것은 정상일이 아니면 해내기 힘든 일이다. 소아암 환자를 돕기 위해 마련한 세계합창대회 메시지를 가장 잘 전달한 합창단이란 극찬을 받아 국위를 선양한 것은 물론 우리나라 장애인예술 발전에 중요한 계기가 될 것이다.

후배를 키우자

...

정상일이 다친 후 만난 첫 번째 장애인은 김혁건이다. 그는 남성그룹 더 크로스의 보컬이었다. 그도 2012년 교통사고로 목뼈를 다쳤는데 경추 손상으로 전신마비 장애를 갖고 있었다.

음악 활동을 하던 사람이 하루 아침에 누워 지내야 하는 처참한 현실 속에서도 그는 아주 긍정적인 생각을 하고 있었다. 정상일은 김혁건이 다시 무대로 돌아갈 수 있도록 돕고 싶었다.

그래서 자신이 할 수 있는 일부터 하기로 하고 김혁건을 세한대학교 실용음악과 외래교수로 강의를 맡겼다. 당진까지 오려면 멀기는 해도 그래도 뭔가를 할 수 있다는 것이 젊은 김혁건에게 동기부여가 되었다.

오케스트라 활동을 시작하면서 만난 장애인 성악가는 이남현이다. 그는 성악을 전공하고 성악가로 성장하고 있을 때 수영장에 다이빙을 하여 들어가다가 목뼈를 다쳐서 전신마비 장애를 갖게 되었다.

전신마비 장애로 폐활량이 줄어들어서 성악을 하기 힘든 상태가 되었지만 이남현은 노래를 포기할 수가 없었다. 그래서 꾸준히 노력한 결과 다시 노래를 부를 수 있게 되었지만 그가 설 수 있는 무대가 없었다.

그런 사실을 안 정상일은 이남현을 자기가 지휘하는 음악회에 세웠다. 국내뿐 아니라 해외 공연도 이남현을 출연시켰다. 그가 오케스트라 반주로 솔리스트로 노래를 하면 객석이 갑자기 조용해진다. 그의 목소리에 귀를 기울여 감상을 하기 때문이다.

이남현이 '네바퀴의 성악가'로 활동을 하게 된 것은 정상일 공이 가장 크다. 정상일은 후배를 키우는 것이 선배가 해야 할 일이란 생각을 하고 있다.

장애인이어서 덕 본다

...

정상일은 다치기 전에 등산을 즐겼다. 살이 찐 적이 없는 그는 아주 가볍게 산에 올라 주위 사람들의 부러움을 샀었다. 산 정상에서 심호흡을 하면 정신이 맑아졌다. 등산은 그에게 보약이었다.

사고 후에는 멀리서 산을 바라보아야만 했다. 그런데 2016년 5월 21일 장애인트레킹 숲체험 교육에 참여하게 되었다. 이 프로그램은 한국척수장애인협회와 한국트레킹연맹이 매년 실시하고 있는데 휠체어로 산에 오를 수 있다는 얘기를 듣고 당장 신청하였다.

"그런데 제가 타고 있는 이 휠체어가 산길에서 제 역할을 할까요?"

"일반 휠체어는 모래길이나 자갈길에서는 움직이지도 않아요."

"그럼 어떡하죠?"

"아무 걱정하지 말고 등산복 입고 나오세요."

등산복이란 말에 정상일은 웃음이 났다. 땀 흘려가며 두 다리로 산을 타는 것도 아닌데 등산복 쫙 뽑아입고 나타난다면 지나가는 등산객들이 비웃을 것 같았다. 넥타이를 메고 산에 오는 사람을 보고 이상

한 눈으로 바라보듯이 말이다.

트레킹 장소는 북한산이었다. 등산로 입구에서 주최 측의 안내를 받으며 기다리고 있는데 등산에 참여할 장애인들이 속속 등장하였다. 등산에 적합한 아주 멋진 옷차림이었다. 서로 반갑게 인사를 하는 모습이 아주 정겨워 보였다. 정상일은 장애를 가진 지 얼마 되지 않아 아직 장애인 쪽에 아는 사람이 별로 없어서 조금은 서먹했다.

참가자들을 소개하고 행사 일정에 대해 소개해 주었다. 그리곤 등산 장비로 트레킹용 휠체어를 내주었다.

"아, 이런 것도 있었군요?"

트레킹용 휠체어는 조력자들이 잡기도 편하고 무엇보다 안전한 것이 큰 장점이었다. 정상일은 트레킹용 휠체어를 타고 북한산 우이령 오봉 전망대에 올랐다.

그는 산에 오르며 예전에는 눈에 보이지 않던 작은 풀꽃들과 작은 돌멩이까지 정말 많은 것을 볼 수 있었다. 자세히 보니 정말 예뻤다. 만약 다치지 않았더라면 모르고 지나갔을 것이다. 세상은 생각했던 것보다 훨씬 아름답다는 생각이 들었다.

장애 때문에 할 수 없을 것이라고 생각했던 것들을 하나씩 해내며 정상일은 성취감에 긍정적인 사고를 갖게 되었다.

장애인으로 산다고 꼭 피해만 보는 것은 아니다. 장애인이어서 더 쉽게 접근할 수 있는 것도 있다. 김이수 대법관은 고등학교 선배이다. 학교 선후배 관계라고 모두 친밀한 관계가 맺어지는 것은 아니다. 휠체어합창단 창단식을 할 때 김이수 대법관에게 초청장을 보냈다.

자기 소개를 하며 창단식에 오셔서 축사를 해 달라는 부탁을 했더니 당장 연락이 왔다. 참석하겠노라고. 그 후 선배로서 후배를 격려해 주려고 헌법재판소에 초대를 해 주어 방문을 하였는데 친히 마중을 나오시고, 배웅도 해 주어 헌재에 가면 VIP 대접을 받는다.

그분은 사회 소수자에 대한 배려가 몸에 밴 분이다. 지난 5월 합창단 정기연주회에도 오셔서 공연을 끝까지 관람하는 진실된 모습을 보여 주었다.

미국 대사관 공보담당 로버트 오그번 대사도 장애를 갖게 된 후 알게 되었다. 합창단 공연을 대사관 행사에 넣어 달라는 부탁을 하기 위해 연락을 한 것이었는데 아주 친절하게 공관으로 초청해 주었다.

오그번 대사는 입양아 출신이고 부인이 베트남 사람이다. 남다른 어려움을 경험해서 그런지 아주 정이 많은 부부이다. 합창단 공연에도 와주고 이런저런 공연 자리도 마련해 주었다.

부부 동반 모임을 가질 정도로 가까운 사이가 되었다. 이런 귀한 인연들이 만들어진 것은 모두 장애 때문이다. 일반 사회에서는 인맥이 있거나 로비 등으로 기회를 만들지만 장애인 사업은 진심을 갖고 접근하면 따뜻하게 받아들이는 사람들이 많았다.

입주자 대표

...

정상일은 용인에 있는 대단지 아파트에 거주한다. 부부가 각각 학교 근처에서 작은 집을 얻어 생활을 하다 보니 안정적인 주거 공간이 없었다. 그래서 아내가 가족이 함께 살 아파트를 마련하기 위해 분양을 받은 것이었다. 당시는 그 집이 그렇게 유용하게 사용될 줄 몰랐다. 바쁜 생활 속에서 집은 그냥 들어가서 잠만 자는 곳이었지만 휠체어를 타게 된 후 집에 있는 시간이 많아진데다 휠체어로 이동을 해야 해서 공간이 넓어야 하고 편의시설이 마련되었어야 하는데 마침 용인 아파트가 그 모든 요건을 갖추고 있었다.

예전에는 경비원들과 목례 정도만 하고 보통 남자들이 다 그렇듯이 아파트 사람 그 누구와도 말을 섞지 않았다. 그런데 장애를 갖게 된 후 수다쟁이가 되었다. 혼자 운전을 하고 집에 도착했을 때는 경비원에게 트렁크에서 휠체어를 내려 달라고 부탁을 해야 했다. 경비원이 없을 때는 지나가는 사람 그 누구에게라도 부탁을 해야 집으로 올라갈

수 있기에 힘이 있어 보이는 남자면 무조건 불렀다. 나이에 따라 '학생', '총각', '선생님' 이렇게 불러 세웠다.

그밖에 택배, 치킨배달, 이삿짐 센터 등 주차장에서 만날 수 있는 많은 사람들에게 도움을 요청했다. 같은 시간에 귀가하는 학생이나 직장인은 거의 단골이 되었다.

"여보, 엘리베이터에 보니까 입주자 대표 선거 공고 붙어 있더라."
"누가 하려고 하겠어요."
"왜? 그거 힘들어?"

정상일은 아내의 의중을 떠보기 위해 던진 말인데 아내는 입주자 대표를 아주 힘든 일로 생각하고 있었다. 그래서 아내에게 말하면 하지 말라고 말릴 것 같아서 혼자 후보자 등록을 하였다. 그리고 혼자서 선거공약을 만들었다. 그런데 입주자 대표 선거를 위해 엘리베이터에 후보자 사진과 프로필이 붙었다.

"아빠! 아빠 사진이 왜 엘리베이터에 붙어 있어?"

둘째 딸이 집에 들어오며 우연히 벽보를 보고 놀라서 물었다. 가족 모르게 하려는 계획은 수포로 돌아갔다. 가족들이 반대를 할수록 그는 더욱 당선의 의지가 불타올랐다. 그는 특별히 선거운동을 하지 않았는데 투표 결과 압도적인 표로 당당히 입주자 대표로 당선되었다. 주민들은 그가 잘 할 수 있을 것이라고 믿었던 것이다.

정상일은 입주자 대표가 되어 아파트 주민들만이라도 장애인을 배려하는 자세를 가졌으면 하는 것이 목적이었다. 자신이 할 수 있는 일을

찾아서 봉사를 하는 것이 그가 휠체어를 타게 된 후 갖게 된 생활 철학
이다.

막상 입주자 대표가 되고 보니 할 일이 많았다. 지역구 국회의원을
만나 주민의 뜻을 전하고, 용인시청에 가서 담판을 지을 일도 많았다.
한번은 용인시청에 입주자 대표 자격으로 갔다가 장애인복지과가 있
길래 반가워서 문을 열고 들어갔더니 무슨 부탁을 하러 온 민원인인
줄 알고 달가워하지 않는 표정을 지었다.

"저, 그냥 놀러왔어요. 용인시에서 장애인복지를 위해 일해 주셔서 감
사합니다." 라고 인사를 건네자 그제야 얼굴을 폈다. 우리나라 공무원
들은 장애인을 무조건 민원인이라고 생각한다. 장애인은 뭔가를 요구
하러 불편한 몸으로 찾아오는 것이란 편견을 갖고 있다. 사실 장애인
복지과는 장애인의 니즈(needs)를 찾아서 서비스를 제공하라고 설치된
곳인데 장애인의 욕구를 찾아볼 생각은 하지 않고 중앙정부에서 내려
오는 지침만 실행하는데 급급하다. 우리나라 공무원은 책상 앞에서 국
민을 위해 봉사한다며 일하기 때문에 국민들은 그 봉사를 체감하지
못하고 있다.

바빠서 주민을 찾아가지 못하면 찾아오는 주민이라도 반갑게 맞이
하며 방문자의 얘기에 귀를 기울여 줘야 한다. 그래서 그는 일부러 장애
인복지과 문을 열고 들어가서 놀러 왔다며 인사를 건넸던 것이다.

스타 제조기

...

대학에서 그의 별명은 스타 제조기였다. 우연히 학교 무대에서 한 남학생이 노래하는 것을 보았는데 끼가 느껴졌다. 뭔가 될 것 같다는 생각이 들었다.

"쟤, 이름이 뭐냐?"

"서인국입니다."

그는 이름을 기억해 두었다가 연습실로 그를 찾아갔다. 땀을 흘리며 열심히 노래 연습을 하고 있는 서인국을 보니 더욱 확신이 생겼다.

"어! 교수님 오셨습니까?"

"그래, 잘 되가니?"

"그냥 연습만 열심히 하고 있어요."

제도권 안으로 진입하기 어렵다는 것은 정상일이 더 잘 알고 있었기 때문에 그 말 뜻을 얼른 알아들었다.

"내가 매니저 해 줄게."

"우아, 교수님! ……진짜요?"

그 후 서인국은 2009년 오디션 프로그램으로 대박을 터트린 TVN〈슈퍼스타K〉에서 첫 우승자가 되면서 세간의 화제를 온몸으로 받으며 연예계 활동을 시작했는데 가수로 탤런트로 재능을 보여 지금은 대스타가 되었다. 그때 서인국이 3학년이었는데 가장 성공적으로 졸업을 한 학생이다.

정상일 교수의 멘토가 없었더라면 그런 성과는 거두기 힘들었을 것이다. 서인국 덕분에 세한대학에 슈퍼스타K 바람이 불었다. 슈퍼스타K에 세한대학교 학생들이 지원을 많이 해서 슈퍼스타K 예심에 가면 세한대학교 학생들끼리 경쟁을 하게 되는 경우가 많았다.

슈퍼스타 K1, K2, K3. 3년 연속으로 Top10^(K1-서인국, K2-김지수, K3-이건율)을 배출시켰고 K8에서 제자 동우석이 Top7에 입상하여 역시 세한대학의 전설을 이어 갔다. 그 밖에 주얼리의 서인영, 소녀시대 효연도 세한대학교 대중음악과 출신으로 정상일 제자이다.

모든 일은 사람이 하는 것이라서 함께 일할 사람을 찾는 것이 가장 중요하다. 대학에서 미래 나라를 이끌어 갈 인재를 키워 내듯이 대한민국장애인합창단을 통해 재능있는 장애인을 발굴하는 일도 큰 보람이다.

요즘 공무원은 1등 직장이다. 공무원이 되려고 공무원 시험을 준비하는 청년들은 재수, 삼수를 하며 매달린다. ROTC 출신의 7급 공무원이면 건강하고 똑똑하다는 소릴 들으며 엘리트 코스를 밟게 되는데 스노보드를 타다가 사고가 나서 하반신마비 장애를 갖게 된 단원이 있다. 정상일은 그의 노래를 듣는 순간 느낌이 있었다. 음악 해석력이 뛰어나서 같은 노래를 불러도 사람들에게 주는 감동이 달랐다. 그래서 그를 솔리스트로 세웠다. 합창으로 웅장한 분위기가 만들어졌을 때 솔로로 가늘지만 호소력 있게 노래를 부르면 그것이 바로 천상의 목소리가 되는 것이다.

음악에 별 관심이 없지만 사람들 앞에 서는 것에 대한 두려움이 없어서 말을 매끄럽게 이어 나가는 재능이 있는 장애인에게는 대한민국합창단 행사의 사회자 역할을 주었다. 대학에서 스타 제조기라는 별명을 갖고 있던 그였기에 그가 발굴한 장애인단원들은 눈에 보이게 발전해 가고 있다.

롤모델

...

사람들은 엄청난 위인에게 용기를 얻기보다 자기와 같은 입장에서 그 어려움을 극복한 사람들에게서 더 큰 용기를 얻고 희망을 가진다. 그도 장애인이 됐을 때 가장 힘이 되어 준 사람이 가수 강원래였다.

왜 하필 나에게 이런 고통을 주시는 걸까 하나님을 원망하며 삶을 포기하려고 했을 때 강원래의 성공 사례가 큰 도움이 되었다. 스타도 하루 아침에 장애인이 되는데 나야 누릴 것 다 누리며 살지 않았는가? 강원래도 무대로 돌아갔듯이 나도 무대에 설 수 있지 않겠는가 하며 끊임없이 자기 자신을 위로했었다.

강원래는 비장애인으로 인기 듀오 '클론'으로 왕성한 활동을 할 때 교통사고로 휠체어를 타게 되었다. 강원래 하면 춤이 떠오를 정도로 그의 댄스가 전 국민을 춤추게 했었다.

그런 그가 휠체어에 몸을 의지하게 되었다는 것은 다시는 춤을 출 수 없게 되었다는 것을 뜻한다. 정상일은 강원래 사고 소식에 잠시 안

타까워하고 잊고 있었는데 자신이 휠체어를 타게 되고 나서 가장 먼저 떠오른 사람이 바로 강원래였다.

강원래는 같은 음악인으로 그에게 롤모델이 되었다. 병원 의사들도 강원래 사례를 들어주었다.

"강원래 씨는 사고 후에도 방송에 복귀해서 왕성한 활동을 하고 있어요. 강원래 씨는 예전과 다름 없이 음반도 내고, 공연도 하는데 놀랍게도 휠체어댄스를 선보여 사람들의 갈채를 받았어요."

한번도 만나 본 적이 없는 강원래를 처음 만난 것은 지난해 한국장애예술인협회 이사회에서였다. 그는 장애인예술에 많은 관심을 갖고 있었다. 〈엘리베이터〉란 제목의 독립영화를 만들고 있다고 영화에 대한 얘기를 재미있게 해 주었다.

"강원래 씨가 제 롤모델입니다."

"롤모델은 무슨…… 암튼 형님, 감사합니다."

강원래가 아주 친근하게 대해 주었다. 강원래를 만난 후 롤모델이 가상이 아닌 현실로 다가왔다. 학생들에게 미래를 위해 첫 번째로 할 일이 롤모델을 찾는 것이라고 말했던 기억이 났다.

장애인의 롤모델은 자신과 비슷한 상황에서 성공적인 인생을 살고 있는 장애인이다. 그래서 장애를 갖고 멋있게 살아가는 장애인들이 많아져야 한다.

조력자들

...

그는 완벽주의자다. 그래서 공연을 준비할 때 뛰어다니면서 직접 확인을 하는 것이 그의 일하는 스타일이었다. 그렇게 꼼꼼히 확인을 해도 무대에 올라가면 조금씩 펑크가 난다. 그래서 두 번 세 번 확인하는 버릇이 있다.

그러던 그가 휠체어를 사용한 후 공연 준비를 하면서 확인을 페이퍼로밖에 할 수가 없자 답답해서 미칠 것만 같았다. 이런 확인 절차를 건너뛰자 공연 때 자연히 실수가 벌어진다. 그는 실수를 용납할 수가 없었다.

그래서 공연이 끝나면 실수한 것이 계속 마음에 남아 괴로웠다. 하지만 이 또한 자기가 받아들여야 할 몫이란 생각이 들어서 요즘은 여유를 갖게 되었다. 사실 완벽해야 한다는 것도 어찌 생각하면 우월감에서이다.

그런데 다치고 나서는 주위 사람들의 도움을 받으며 같은 뜻을 갖고 함께 준비하는 것이 훨씬 인간적이라는 사실을 깨달았다.

휠체어합창단이 성장하는데 힘을 보태 준 사람들이 많지만 합창단 부지휘자를 맡아 재능기부로 단원들을 지도해 주고 있는 김경자 님에게 늘 고마운 마음을 갖고 있다. 아무리 바빠도 휠체어합창단 일이라면 항상 일순위이고, 필요한 재원 마련을 위해 애쓰는 모습을 보면 우리 사회가 장애인에게 열린 마음을 갖고 있다는 것이 느껴져 가슴이 찡해진다.

정상일은 휠체어합창단을 운영하면서 가족들과의 관계가 더 친밀해졌다.

고등학교 음악교사인 아내는 말할 것도 없고 명지대 실용음악과에서 강의를 하고 있는 큰딸과 전남대학교 성악과 4학년에 재학 중인 작은 딸도 휠체어합창단을 위해 봉사 활동을 하고 있다.

이렇게 온가족이 휠체어합창단에 관심을 갖고 함께하고 있기 때문에 가족 대화의 주요 의제가 휠체어합창단이다. 가족 전체가 공유하는 의제가 있다는 것은 가족 구성원을 밀착시키는 효과가 있다.

정상일의 조력자는 또 있다. 바로 언론이다. 방송과 신문 그리고 잡지 등에 소개된 것이 30차례가 넘는다. 정상일은 다친 후 더 유명해졌다. 국내 유일의 휠체어 지휘자로 대학교수로 재직하고 있다는 것이 언론의 관심을 끌기에 충분하기 때문이다. 성격이 소탈해서 누가 부탁을 하면 거절을 하지 못해 MBC, KBS, EBS, MBN, CTS, CBS, 복지TV, 희망방송 등 많은 방송에 출연하였다.

자기 자신을 알리고 싶어서가 아니라 장애인 문제는 누구한테나 순식간에 닥칠 수 있는 우리의 문제가 될 수 있다는 사실을 일깨워 주고 장애인예술 활동에 대한 관심을 부탁하고 싶어서이다.

무엇보다 더 큰 목적은 대한민국휠체어합창단을 홍보하기 위해서이다. 그런데 방송의 힘이 참 대단하다. 누군가가 보고 꼭 연락이 온다. 고등학교 교사 시절부터 대학교 교수까지 그동안 그에게 배운 학생들에게 전화가 올 때가 정말 반갑다.

"선생님! 정말 훌륭하세요. 저희들이 선생님 제자라는 것이 자랑스러워요."

지금은 아이 엄마가 된 제자들이 그에게 더 열심히 살아야겠다는 용기를 준다. 어떤 학생들은 이렇게 말하기도 한다.

"교수님! 다치시고 난 후 더 멋진 삶을 사시는 것 같아요."

그 말을 듣고 생각해 보았다. 정말 다치기 전에는 선생으로서의 역할만 하면 된다고 생각하였지만 지금은 개인적인 출세보다는 장애인을 비롯한 약자들이 잘 사는 사회가 되어야 한다는 공익에 더 마음을 쓰게 된다. 어린 학생들이지만 그런 변화를 느낀 것 같아서 예전의 개인주의 삶이 얼마나 부끄러운 일인지 반성하였다.

아직도 투병 중

...

　돌이켜 보면 휠체어를 타게 된 것이 불면증 때문인데 지금도 수면유도제를 복용하지 않으면 잠을 자지 못한다. 약에 의존하는 것이 건강에 좋지 않다는 것은 알지만 불면의 밤을 보내는 것보다는 차라리 약을 먹고 숙면을 하는 것이 활동하는데 더 도움이 될 것 같아서 처방을 받고 있다.

　약을 먹고 저녁 9시나 10시경에 자리에 누우면 아침 7시에 눈을 뜬다. 그때 일어나서 출근 준비를 하면 몸이 아주 가뿐하다.

　다른 척수환자들처럼 정상일도 욕창 때문에 두 차례 수술한 적이 있다. 관리를 아무리 잘 해도 감각이 없는 사람은 같은 자세로 오래 앉아 있으면 살이 썩는 욕창이 생긴다. 예전에는 서 있는 시간이 많았지만 지금은 잠자는 시간을 제외하고는 하루 종일 앉아 있기 때문에 엉덩이 부분에 욕창이 생기는 것은 당연하다.

　"당신 그러다 욕창 생기겠어요."

아내가 걱정을 하지만 욕창이 두려워 일을 하지 않을 수는 없다. 욕창이 생겨도 수업 때문에 수술을 하지 못하고 방학 때까지 미룬다. 수술을 한다는 것은 썩은 부위를 도려내고 다른 부위의 살을 떼어 이식을 한 후 수술 부위가 완전히 아물 때까지 엎드려 누워 있어야 하기 때문이다.

수술할 때까지 더 이상 썩지 못하게 항생제로 버티지만 자칫 패혈증으로 번질 우려가 있어서 매우 위험하다. 하지만 건강 문제로 직장에 폐가 되는 일은 하지 않겠다는 것이 그의 사회생활 철칙이다.

특히 장애인은 더욱 그렇다. 장애 때문에 이해해 주는 면도 있지만 그런 폐끼침이 반복되면 장애인은 비장애인과 달리 일에 지장을 준다는 인식이 확산되겠기에 그는 아무리 아파도 휴강은 하지 않는다.

"정 교수님! 들어오신 김에 방광 검사도 하시죠?"

오히려 의사들이 그의 건강을 챙겨 준다. 척수장애인을 괴롭히는 또 하나의 질병은 방광염이다. 소변을 자력으로 시원하게 배출시키지 못하여 잔뇨가 방광에 늘 고여 있게 되어 염증을 일으키는 것이다. 그런데 염증도 위험하지만 소변이 역류하여 피를 혼탁하게 만들어 생기는 과반사는 더 위험하다. 그래서 항상 건강에 신경을 써야 한다.

정상일은 자기 생명은 한번 연장된 보너스이기 때문에 자기에게 주어진 시간 동안 최선을 다하는 것이 하나님이 주신 생명 보너스에 대한 보답이라고 믿고 매순간 열과 성을 다하고 있다.

| 주요 경력 |

세한대학교 실용음악과 교수
(사)한국실용음악학회 회장
(사)한국장애예술인협회 이사
(사)로이사랑나눔회 희망방송 이사
(사)열린세상국민문화운동본부 이사 외.

| 학력 |

1981년 02월 조선대학교 사범대학 음악교육과 졸업
1991년 02월 조선대학교 대학원 음악학과 졸업
2005년 06월 러시아 국립그네신음악원 지휘 박사(D.M.A)
2006년 06월 러시아 국립그네신음악원 음악학 박사(Ph.D).

| 경력 |

2000년 01월 오스트리아 비인 프라이너 콘서바토리움 오케스트라 지휘
            (비인 가와이홀, 한국가곡의 밤)
2000년 07월 루마니아 아라드 오케스트라 지휘
            (루마니아 아라드 콘체르트 홀, 초청연주회)
2001년 09월 루마니아 트랜실바니아 오케스트라 지휘
            (서울 리틀엔젤스 예술회관, 광주 5.18문화예술회관 대공연장)
2002년 05월 키예프 국립체임버오케스트라 지휘
            (서울 문화일보홀, 광주 문화예술회관 대극장, 순천 문화예술회관, 목포 문화예술회관)
2002년 07월 루마니아 그루즈 필하모닉오케스트라 지휘(5.18문화예술회관)
2005년 08월 루마니아 그루즈 필하모닉오케스트라 지휘(비인 국립음대)
2003년 02월 러시아 심포니오케스트라 지휘(모스크바 그네신 음악홀)
2003년 05월 우크라이나 국립 심포니오케스트라 지휘(영산아트홀, 광산문화예술회관)
2003년 10월 야나첵 챔버오케스트라 지휘(광주 5.18문화회관)
2003년 06월 러시아 국립내무성 오케스트라 지휘(그네신 음악홀)
2005년 12월 러시아 국립내무성 오케스트라 지휘(그네신 음악홀)
2006년 08월 모스크바 칸투스 챔버오케스트라 지휘(모스크바 베토벤홀)
2006년 12월 우크라이나 방송교향악단 지휘
2007년 05월 루마니아 바카우 필하모니오케스트라 지휘(광주문화예술회관)

2007년 05월 러시아 볼고그라드오케스트라 지휘(소월아트홀)

2007년 08월 야나첵 챔버앙상블 지휘(비인국립음대 멘델스존홀)

2007년 09월 폴란드 스라스카(Slaska) 필하모니오케스트라 지휘(장천아트홀)

2008년 05월 솔리스트 볼고그라드오케스트라 지휘(영산아트홀)

2008년 07월 유러피안 챔버오케스트라 지휘(독일 뢰바우콘서트홀)

2008년 10월 몰도바방송 교향악단 지휘(영산아트홀)

2008년 11월 베트남 국립오페라단오케스트라 지휘(베트남 하노이)

2009년 07월 체코 호로딘 챔버오케스트라 지휘

2010년 01월 이태리 아스콜리 스폰티니오케스트라 지휘

2012년 01월 이태리 아스콜리합창단 지휘(이태리 아스콜리 콘서트홀)

2013년 11월 불가리아 시립파잘크오케스트라 지휘(바로크 챔버홀)

2014년 04월 제34회 장애인의날 기념 CSI퓨전오케스트라 지휘(바로크 챔버홀)

2014년 07월 한국장애인 및 비장애인음악인들이 함께하는 오스트리아 CMS페스티벌
　　　　　　 오케스트라 지휘(비인한인문화회관)

2014년 11월 루마니아 크바요라오케스트라 초청 세한대학교 교수음악회 지휘(영산아트홀)

2014년 11월 루마니아 크바요라오케스트라 초청공연 지휘(광주빛고을시민문화회관)

2015년 04월 제35회 장애인의날 기념 CSI퓨전오케스트라 지휘(바로크 챔버홀)

2015년 04월 장애인의 노래 작사, 작곡 및 음반발매

2015년 07월 한국의장애인음악가와 비장애인음악인들이 함께하는 오스트리아 CMS페스티벌
　　　　　　 오케스트라 지휘(비인한인문화회관)

2015년 09월 광복70주년기념 대한민국ROTC합창단과 함께하는 루마니아 티미소아라오케스
　　　　　　 트라 초청연주회 "나의 조국" 지휘(영상아트홀)

2015년 10월 광주관악페스티벌 초청 CSI퓨전오케스트라연주회 지휘(광주 중외공원 야외음악당)

2016년 01월 한국의 장애인음악가와 비장애인음악가 함께하는 이 솔리스트 로마 콘서트
　　　　　　 "사랑하는 나의 조국" 지휘(로마연합콘서트홀)

2016년 02월 대한민국휠체어합창단 창단 및 상임지휘자

2016년 04월 제36회 장애인의 날 기념 CSI퓨전오케스트라와 함께하는 대한민국합창단 연주
　　　　　　 회 "이음" 지휘(장천홀)

2016년 04월 2016한강세빛섬영상페스티벌 대한민국휠체어합창단 초청연주회 지휘
　　　　　　 (한강세빛섬 특설무대)

2016년 05월 미대사관 초청연주회 지휘(미대사관)

2016년 06월 대한민국ROTC창립55주년 나라 독도탐방 연주회 지휘(독도)

2016년 07월 한-오스트라아 문화교류 CMS오케스트라와 함께하는 대한민국 휠체어합창단
　　　　　　 연주회 지휘(비인 한인문화회관)

2016년 09월 2016장애인문화예술축제 "지역축제-리날레 in 서울" CSI퓨전오케스트라와 함께
하는 대한민국휠체어합창단 연주회 지휘(대학로마로니에공원)
2016년 10월 2016서울중앙지방법원 법원가족 어울림한마당 대한민국휠체어합창단연주 지휘
(서울중앙지방법원)
2016년 10월 2016 광주관악페스티벌 CSI퓨전오케스트라연주회 지휘(국립아시아문화전당 특설무대)
2016년 10월 인천계양구보건소 초청 대한민국휠체어합창단연주회 지휘(인천계양문화회관)
2016년 10월 국립재활원 개원 30주년기념 대한민국휠체어합창단 초청연주회 지휘(국립재활원)
2016년 11월 CMS 비엔나 챔버앙상블 초청연주회 지휘(이음콘서트홀)
2016년 12월 희망방송과 함께하는 대한민국휠체어합창단 연주회 지휘(금나래아트홀)
2017년 01월 한-이태리 문화교류 이 솔리스트로마합창단과 함께하는 대한민국휠체어합창단
연주 "아!대한민국" 지휘(로마연합콘서트홀)
2017년 04월 제37회 장애인의 날 기념 서울장애인 합창예술제 특별공연(국회의원회관)
2017년 04월 제37회 장애인의 날 기념행사 식전공연(63빌딩 그랜드볼룸)
2017년 05월 제37주년 장애인의 날 기념 휠체어 탄 지휘자 정상일 교수의 음악여행 콜라보
연주(이음아트홀)
2017년 05월 제37주년 장애인의 날 기념 CSI퓨전오케스트라와 함께하는 대한민국휠체어합
창단 정기연주회 "희망"(2017. 5. 20. 국립극장-KB하늘극장)
2017년 05월 장애문화복지증진 및 인식 개선 '우리 공연보고 갈래' 대한민국휠체어합창단
초청연주회(정립회관 대강당)
2017년 06월 2017행복드림페스티벌 대한민국휠체어합창단 초청연주회(남서울교회 영광홀)
2017년 07월 한·러시아문화교류 모스크바 금관앙상블과 함께하는 대한민국휠체어합창단
친선음악회 "사랑하는 나의 조국" (러시아 한국대사관 대공연장) 외.

| 역임 |
2003년 1월~2005년 2월 러시아국립내무성 오케스트라 지휘자 역임
2006년 3월~2012년 2월 빛고을 청소년 관현악단 상임지휘자 역임
2009년 3월~2011년 2월 광주CBS 권사 합창단 지휘자 역임 외.

| 수상 |
2007년 12월 6일 한국음악대상 공로상
2008년 12월 12일 대한민국 실용음악 대상
2010년 10월 8일 올해의 존경받는 인물 교육 대상 외.

| 저서 |

『불멸의 작곡가 9인』, 『대학 음악 개론』, 『아동과 유아를 위한 음악 교육』,
『한국전통음악 리듬 연구』, 『실용음악의 이해』, 『대중음악감상』, 『실용음악개론』,
『실용시창청음』 외.